Klein Erna
Hamburger Geschichten

Klein Erna

Hamburger Geschichten

Gesammelt und illustriert
von
Vera Möller

Verlag Die Hanse

Die Deutsche Bibliothek – CIP-Einheitsaufnahme

Ein Titeldatensatz für diese Publikation ist bei
Der Deutschen Bibliothek erhältlich

Möller, Vera: Hamburger Geschichten

Umschlaggestaltung: arthos, Hamburg
Herstellung: Das Herstellungsbüro, Hamburg
Satz: Rüdiger Mohrdieck, Hamburg
Druck und Bindung: Fuldaer Verlagsagentur
Printed in Germany

ISBN 3-434-52563-7

Vorwort zur Neuauflage

Wer noch nie Klein-Erna-Geschichten gehört hat, sei gewarnt: sie sind schrecklich dumm und oft grausig! Aber daran ist die Verfasserin unschuldig, denn sie hat die Geschichten nur gesammelt und bebildert. Woher sie eigentlich stammen, ist oft nicht mehr feststellbar; es soll Männer mit ganz langem Bart geben, die sie seit frühester Kindheit kennen.

Der ursprünglich kleine Kreis Eingeweihter, die an Klein Erna, Klein Bubi und Familie Anteil nahmen, hat sich inzwischen weit über Hamburgs Grenzen hinaus erweitert, und wer seine Klein-Erna-Bändchen im Laufe der letzten Jahre verloren hat, kann nun diese Sammlung der besten Geschichten wieder zur Hand nehmen.

An de Nordsee

Klein Erna ischa 'n büschen schwach auf die Brust, und da kommt sie denn von die Kasse 'n büschen an die Nordsee vonwegen die Luftveränderung. Und damit sie denn nich so allein is, kommen Mamma und Klein Bubi auch mit hin. Und wie sie da nu an Strand sitzen, ischa so furchbar waam, Mamma hat sich schon die gute Bluse ausgezogen und sitzt denn da in Unterrock und schwitzt und schwitzt!

Und wie sie nun schon ganz rammdösig is von die Hitze, da sagt sie denn zu die Göhrn: »Mamma geht nu in Wasser, ihr könnt ja solang 'n büschen waaten! Aber schön vorsichtich, Klein Erna, halt Klein Bubi immer schön fest an Hand, und laß ihm nich los!«

Und Mamma geht denn ein bei ein in Wasser, und Klein Erna und Klein Bubi waaten ...

Und wie Mamma nu schon bis an Bauch drinne is, dreht sie sich noch mal um und sieht Klein Erna mit Klein Bubi an Hand in Wasser spatteln. Mamma schwimmt auch ordentlich 'n Stück raus, und Klein Erna

mit Klein Bubi gehn denn auch ’n büschen tiefer in Wasser und hält ihn immer schön fest an Hand.

Und wie Mamma sich nach ’n Augenblick wieder umdreht, da sieht sie man bloß noch Klein Erna aus ’n Wasser rauskucken!!! Da schreit sie: »Klein Erna, Klein Erna, wo is denn Klein Bubi?«

»An Hand!«

Die Brummers

Klein Bubi kommt ja nu zur Erholung zu Tante Frieda nach Schwaazenbek. Und wie er mal auf Toilette muß, da geht er denn zu Tante Frieda und sagt: »Tante Frieda, wo kann ich hier wohl mal, ich muß nämlich mal auf Tolette?«

»Ja, mein Jung, denn komm man mal mit raus. Siehst du da in Hof 'n kleines Haus mit 'n Herz in die Tür? Da is richtig, mein Jung, da geh man hin!«

Und wie Klein Bubi denn auf 'n Loch für Kinners sitzt, da kommen immer lauter Brummers und setzen sich immer überall hin, wo Klein Bubi gaanich mag!

Und wie er denn fertig is, da geht er zu Tante Frieda und sagt: »Tante Frieda? Ischa alles ganz schön hier bei dir, aber auf Tolette, da sind immer so viele Brummers, und die setzen sich immer überall hin, wo ich gaanich mag!«

Da sagt Tante Frieda: »Ach, Klein Bubi, bischa 'n büschen dumm, muscha auch nich jetzt hingehn, muß mittags zwischen 12 und 2, dann sind die Brummers alle in Küche!«

Maiblumen

Klein Ernas Mamma kommt mit Frau Kripgans von Blumenmaakt, sie hat sich ’n schön’n Strauß Tulpen gekauft, und Frau Kripgans hat ne Handvoll schöne Maiblumen, wo sie immer ganz verzückt an rum

riecht. Klein Ernas Mamma schielt da immer ganz eifersüchtig hin und sagt: »Ach, Frau Kripgans, ich hätt’ man auch Maiblumen nehmen sollen!«

»Warum denn? Tulpen zeigen doch auch ganz viel her!«

»Ja, aber Maiblumen spenden immer so schönen Duft!«

»Ooch, sagen Sie ›spenden‹ für täglich?!«

Die Kammersängerin

»Ich weiß nich, was der Tristan an der Isolde findet, die hat ja auch gaanich 'n büschen was Munteres!«

Die Schokoladenpuppe

Klein Erna steht mit ihre Freundin vor 'n Schokoladenladen. Klein Erna sagt: »Wenn die Schokoladenpuppen zehn Pfennig kosten, kauf ich mich eine, ich frag mal!« Sie geht rein und sagt: »Was kosten die klein Schokoladenpuppen?«

Sagt die Tante: »Zehn Pfennig, mein Kind!«

»Dann geben Sie mich man eine«, sagt Klein Erna.

»Ja, möchts du wohl 'n klein Schokoladenjung, oder 'n Mädchen?«

»Ach, denn geben Sie mich man ein Jung, da is mehr an!«

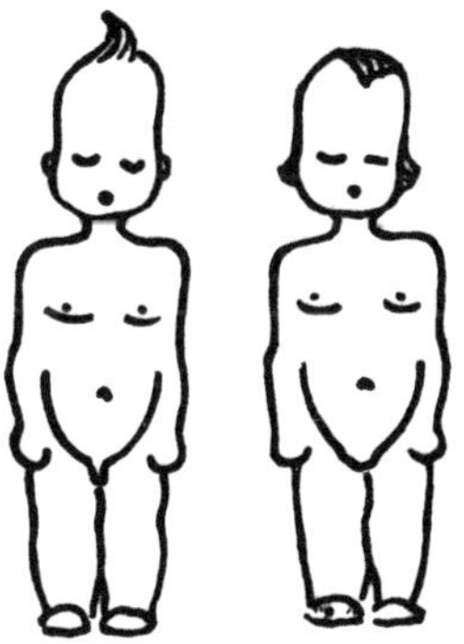

In Keller

Mamma und Pappa und Klein Erna und Klein Bubi sitzen in Küche bein Abendbrot. Pappa will nu gern ne Flasche Bier trinken und sagt: »Klein Erna, geh mal in Keller

und hol Pappa mal ne Flasche Bier, nimm Klein Bubi man mit, der soll auch mal 'n büschen an die frische Luft kommen!«

Klein Erna geht denn auch mit Klein Bubi in Keller, und damit er da unten nix geputt macht, setzt sie ihn solange auf Fensterbank . . .

Und in die nächste Woche, als Pappa mal wieder ne Flasche Bier trinken will, da sagt er denn wieder zu Klein Erna: »Klein Erna, hol Pappa mal ne Flasche Bier und nimm Klein Bubi . . . ? . . . Klein Bubi???«

Klein Erna: »Ach, der sitzt sicher immer noch in Keller! . . .«

Und richtig, wie Klein Erna runter in Keller geht, da sitzt Klein Bubi immer noch auf Fensterbank!!

Nur schade, daß er schon ganz grün und verschimmelt is . . . und gaanich mehr zu gebrauchen!!!

In Linie 28

»Na, Frau Meier, auch nach Ohlsdorf, wieder jemand eingebüßt?«

»Nee, ich will blos mal nach mein Seligen kucken, und Sie?«

»Ach, man muß sich da ja ab und an mal sehen lassen!«

In Schule

Klein Erna ihre Lehrerin hat ins Verkehrsheft geschrieben:

»Werte Frau Pumeier! Klein Erna riecht immer so strenge, und ich bitte Sie, Klein Erna regelmäßig zu waschen!«

Antwort: »Wertes Frollein! Klein Erna is keine Rose, Sie solln ihr nich riechen, Sie solln ihr lernen!«

Der Schwan

Mamma sitzt auf ne Bank an der Alster, und Klein Erna geht in die Anlagen spazieren. Mamma strickt zwei schlicht zwei kraus und will gaanich gestört werden . . .

Und wie da mit 'n mal 'n großer Schwan angeschwommen kommt, da ruft Klein Erna: »Mamma, Mamma, kuck mal den Schwaan, der hat aber 'n langen Hals!«

Mamma: »Den laß man, Klein Erna, der soll ja wohl.«

In Straßenbahn

Mamma fährt mit Klein Bubi in Straßenbahn, und weil da die Scheiben so beschlagen sind, und Klein Bubi doch gerne durchkucken will, leckt er da immer an. Wie Mamma das sieht, sagt sie: »Klein Bubi, muscha nich immer an Scheibe lecken, laß das doch den *Schaffner* machen!«

Die Klosettbürste

Klein Erna kriegt von Tante Frieda ne wunderschöne Klosettbürste zur Hochzeit, ordentlich so ’n stabiles Ding!

Klein Erna freut sich ja auch ganz furchbar und hängt sie gleich in Tolette auf! – Als Tante Frieda nach ne Zeit mal wieder zu Besuch kommt, da is da gaakeine Klosettbürste mehr auf Tolette!

»Aber Klein Erna«, sagt sie, »wo is denn meine Klosettbürste?«

»Ach, Tante Frieda, *manchmal* is so ’n Dings ja ganz schön, aber eins will ich dir sagen: ›Papier bleibt Papier!‹«

Salat

»Klein Erna, Klein Erna!!!
Komm ra-auf,
Füße waschen, Mamma
braucht die Kumme
gleich zu Sala-at!«

Scharfsinn

Klein Ernas Mamma geht in die Anlagen spazieren, und da trifft sie mit 'n mal Frau Schulze, die 'n Kinderwagen schiebt.

»Na, Frau Schulze, schon wieder 'n Kleines? Lassen Sie mal sehn! Och, wie nüdelich! Is wohl ein Junge?«

»Nee, is kein Junge!«

»Ach, is es denn ein Mädchen?«

»Erraten!«

Bei Hagenbeck

»Klein Erna, geh nich so nah ran an die Eisbärn . . .

bist sowiesoo schon so erkältet!«

Blinddaam

Klein Erna hat ja nu auch 'n Herrn, mit dem sie gern in Dunkeln spazieren geht. Und wie sie mal in die Gegend von Bismarckdenkmal sind und 'n büschen rumknutschen, da sagt Klein Erna mit 'n mal: »Heini? Wis ma sehn, wo ich an Blinddaam opariert bin??«

»O ja, Klein Erna, zeig mal her, wo!«

»Kuck mal, Heini, da unten, wo all die vielen Lichter brennen, da is das Hafenkrankenhaus, da bin ich an Blinddaam opariert!«

Dichtkunst

In Schule sagt mal der Lehrer: »Wer kann ein schönes Gedicht aufsagen?«

»Ich weiß ein«, sagt Klein Erna:

»Ein Fischer saß am Elbestrand
und hielt ne Angel in der Hand.
Er möchte fangen einen Barsch,
das Wasser ging ihm bis zum Knie.«

»Das reimt sich ja aber gar nicht!« sagt der Lehrer.

»Doch!« sagt Klein Erna, »warten Sie man bis Flut is, denn reimt sich das!«

Aktzeichnen

Mamma trifft mal wieder Frau Kripgans auf Straße, und wie sie so in Klöhnen sind, fragt sie: »Was macht denn Klein Erna?«

»Och, der geht's gut, Frau Kripgans, die is jetzt auf Kunstschule, die hat ja so 'n Talent zu 'n Zeichnen!«

»Soo, was zeichnet sie denn?«

»Tja, Frau Kripgans, die zeichnet Akt!!«

»Was? Soon unanständigen Kram – vielleicht nach 'n richtigen nackigen Kerl?«

»Nee, Frau Kripgans, wo Sie auch gleich hindenken, – nach 'n Gedächtnis!«

Zoologie

Mamma geht mal mit Klein Erna in Muse um am Schweinemaakt. Wie sie nu in die Abteilung Säugetiere kommen, steht da auch ein menschliches Skelett.

»Oh, Mamma, seh mal«, ruft Klein Erna, »was' das denn für 'n komisches Tier?«

»Das gaakein Tier«, sagt Mamma, »das 's das, was von 'n toten Mensch nachbleibt.«

»Och nee«, sagt Klein Erna, »kommt denn bloß der Speck in 'n Himmel?«

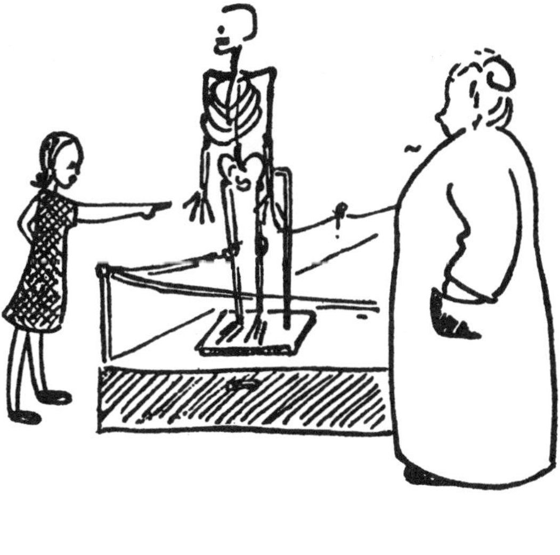

Auf 'n Schulhof

Meta hüpft auf 'n Schulhof mit 'n Springtau. Klein Erna sagt: »Laß mir mal springen!«

Das hört die Lehrerin und verbessert: »Nein, laß *mich* mal!«

»Oh ja«, sagt Klein Erna, »laß ihr mal!«

Die Katze

Klein Erna spielt mal mit ne Katze.

»Pfui, Klein Erna«, schreit Mamma aus 'n Fenster, »muscha die Katze nich immer an Schwanz ziehn!«

»Tu ich scha auch gaanich«, sagt Klein Erna, »die Katze zieht immer, ich halt ihr bloß fest!«

Der Kranz

Ein Tag vor Opa sein Geburtstag geht Mamma mit Klein Erna zu sein Grab, um es ’n büschen aufzufrischen. Wie sie denn in Ohlsdorf ankommen, leiht Mamma sich erst ne Gießkanne und ’n Spaten und sagt zu Klein Erna: »Hier haß zwei Maak, nu lauf mal los und kauf ’n Kranz!«

Nach ne Zeit kommt Klein Erna mit ne Tüte in Hand angescheest.

Da ruft Mamma: »Was brings du denn da, Klein Erna?«

»Ja«, sagt Klein Erna, ganz aus ’e Puste, »Kranz war nich mehr da, da hab ich Bienenstich genommen.«

Die Dampferfahrt

An ein schön waamen Sonntag fahrn Mamma, Klein Erna und Klein Bubi mit ’n Dampfer nach Blankenese zum Baden. Und wie sie denn in Blankenese ankommen, da sagt Mamma zu Klein Erna: »Klein Erna, wo is denn Klein Bubi?«

Klein Erna: »Der is schon bei Neumühlen in Wasser gefallen!«

Mamma: »Dummes Göhr, muscha gleich sag’n!«

Die Riesendame »Ada«

Neulich wurde Klein Erna 13 Jahre alt, und da kam Mamma mit 'n ganz furchbar ernsten Gesicht bei sie bei und sagte: »Tja, Klein Erna, nu bis du ja ne große Deern, un denn muß ich dir wohl mal erzähl'n wie dein Pappa umgekommen is, das war ja ganz schrecklich: Ein Tag ging dein Pappa auf 'n Dom, ohne mir, sons wär ihn dascha nich passiert, und denn ging er auch zu die Riesendame ›Ada‹. Und was meins du, mittenmang die Vostellung platzt ihr das Trikot vorne in die Mitte, und da sagt sie: ›Nu komm mal einer von die Herrn mit ne Sicherheitsnadel her und steck mir das mal eigenhändig zu!‹

Und in den Gedränge, was da entstanden is, da is dein Pappa in umgekommen!«

Silberblick

Wie Klein Erna mal mit ihre neue Freundin Irma spazieren rollt, da trifft sie ihrn Heini. Der kuckt Irma an und sagt: »Klein Erna, deine Freundin schielt ja!«

»Nee, Heini«, sagt Klein Erna, »die schielt nich, die *muß* so kucken!«

Ihr Pech

Frau Pumeier trifft mal wieder Frau Kripgans: »Och, ein Pech hab ich heute gehabt!« sagt die.

»Was denn, wieder mal ein eingebüßt?«

»Nee, das eben nich, aber denken Sie man, vorhin treff ich Frau Pingel: Is der ihr Mann doch heute mit den Omnibus gefahren, der gegen den Baum geraast is, und der is auf 'n Schlag tot! Und die Pingel kricht von die Versicherung ein Stück Geld, wo sie ihr Leben von genießen kann. So 'n Glück von die Pingel!«

»Ja, und wieso Ihr Pech, Frau Pumeier?«

»Och ja, denken Sie man bloß: Mein Mann is doch mit 'n selben Omnibus gefahren und was meinen Sie? – Der Ideot springt raus!«

Faust

Mamma is mit Frau Pumeier in Theater in Faust verabredet. Mamma kommt erst nach 'n ersten Akt an und fragt ganz aus die Puste: »Was war denn bis jetzt?«

Da sagt Frau Pumeier: »Och, bis jetzt kein Sinn in!«

Die Tragödie

»Gestern war ich in Theater. Na, is ›Faust‹. Ich denk, is ’n Trauerstück und zieh mir ordentlich ne bedeckte Bluse an, geh ich hin: is ’n Luststück!«

In Schule

In Deutschstunde sagte der Lehrer: »Wer kann mir einen Satz mit ›einfältig‹ sagen?«

Nach ne Zeit meldet sich Klein Erna und sagt: »Ich weiß ein, Herr Lehrer: Du hast zwei Tropfen an die Nase, ein fällt dich gleich runter!«

Fünf Kinder

Wie Klein Ernas Mamma mal so in Gespräch mit Frau Schulze is, fragt die mit 'n mal: »Wieviel Kinder haben Sie eigentlich?«

»Fünf: Heini is Bierkutscher, Frieda geht nach die Fabrik, Maata is in Dienst, und denn Klein Bubi!«

»Das sind doch blos vier!«

»Nee, fünf hab ich doch! Heini is Bierkutscher, Frieda geht nach die Fabrik, Maata is in Dienst und denn Klein Bubi!«

»Aber das sind doch immer blos *vier!!*«

»Aber ich hab doch fünf: Heini is Bierkutscher, Frieda geht nach die Fabrik, Maata is in Dienst, Klein Bubi ... und aach soo, – Klein Erna, die ischa seit vier Wochen in Krankenhaus, muscha direkt mal nach kucken!«

Im Dunkeln

Klein Erna geht mal in Dunkeln mit ihrn Heini spazieren, und wie sie nu in ein Torweg stehn bleiben und 'n büschen rumknutschen, da sagt Heini: »Nee, ischa zu duster heute, man kann seine Hand nich vor Augen sehen!«

Da sagt Klein Erna: »Da hascha deine Hand auch gaanich!«

Nachbarn

Ein Tag, wie Tante Frieda mal bei Klein Erna zu Besuch is, da hörn sie von nebenan so furchbar laute Musik. Da fragt Tante Frieda: »Was das bloß für 'n Lärm, können die ihrn Radi-o nich leiser stellen?«

Da sagt Klein Erna: »Nee, Tante Frieda, das sind Rathjens von nebenan, die spielen immer Kattermeng auf Pi-ano, stell dich vor, zwei Personen an ein Klavier, ischa direkt 'n ärmlichen Kram!«

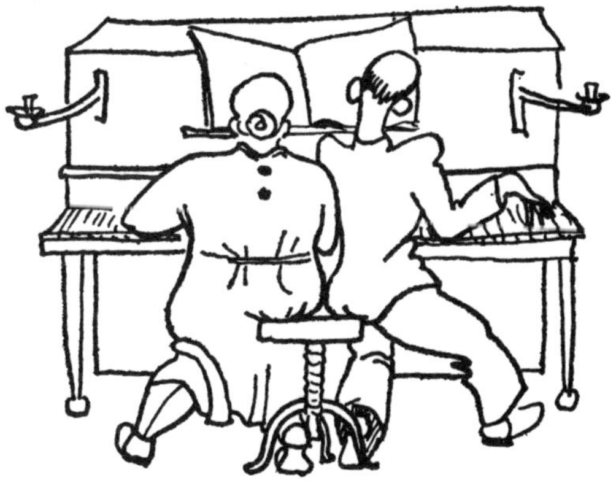

Bei 'n Aazt

Klein Erna ischa nu schon 10 Jahr verheiratet und hat immer noch kein Kind in die Wiege! Da sagt denn ihre Freundin: »Klein Erna, du muß mal zu 'n tüchtigen Aazt gehn, der kann dir sicher helfen!«

Na, Klein Erna geht ja denn auch hin und erzählt ihm ihrn Ärger.

Der hört sich das mit 'n ganz ernsten Gesicht an und sagt: »10 Jahre? Schwieriger Fall, aber woll 'n mal sehen, was sich machen läßt; ziehn Sie sich mal aus!«

»Ooch, Herr Dokta, das erste Kind wollt ich ja zu gern von mein Mann haben!«

Platonisch

Klein Ernas Mamma trifft Frau Meier auf Straße.

»Na, wie gehts denn?« sagt sie.

»Ach, muscha!«

»Was machen denn die Göhrn?«

»Ach fein, Klein Erna hat schon 'n richtigen Freund!«

»So, 'n Freund?«

»Ja, aber nicht so wie Sie denken, Frau Meier, nee, ganz platonisch!«

»Soo, platonisch! – platonisch? Was is denn das – platonisch??«

»Das wissen Sie nich was das heiß?«

»Nee!«

»Platonisch, das heiß, das sie da kein Geld für nimmt!«

Die Ziege

Mamma hat ja nu von Onkel Emil ne Ziege geerbt. Und wie sie die mit Klein Erna aus 'n Trauerhaus abholt und in ihrn Schrebergarten bringt, ruft Frau Kripgans von nebenan: »Na, Klein Erna, wo habt ihr denn die Ziege her? Ischa ganz schön so 'n Tier, jedenfalls in Sommer. Aber in Winter, wo wollt ihr denn da bloß mit hin?«

»Och, denn muß sie eben mit zu uns in Schlafstube!«

»Was, mit in Schlafstube, bei *den* Gestank??«

»Och, Frau Kripgans, tun Sie man nich so, da wird sie sich eben an gewöhnen müssen!«

Sprechstunde

Wie Klein Erna in die Jahre kommt, geht sie mal zu ’n Aazt. Sie rennt gleich da rein wo »Sprechzimmer« an steht, un da is denn auch ’n Herr in weißen Kittel in. Klein Erna klagt ihm gleich ihr Leid und sagt, er soll ihr mal tüchtig untersuchen. Das tut er denn auch. Und geht raus und bringt noch ’n Herrn in weißen Kittel mit, der ihr dann auch gründlich untersucht, nach ne Zeit mit ’n Kopf schüttelt und sagt: »Nee, Frollein, da könn’ wir auch nix bei machen, da waaten Sie man noch ’n Augenblick bis der Aazt kommt, wir sind nämlich bloß die Malers.«

Ballgeflüster

Klein Erna is mal zu 'n großen Ball in 'n ganz feinen Lokal. Bei 'n Tanzen mit 'n schicken Kavalier sagt der: »Elegante Toiletten hier, nicht wahr, mein Fräulein?«

»So«, sagt Klein Erna, »ich bin noch gar nicht draußen gewesen!«

Die Diagnose

Klein Erna hat mal furchtbaren Liebeskummer. Sie mag nix essen, nix trinken und is ganz blaß. Mamma geht mit ihr zu ’n Aazt. Der untersucht sie und sagt zu Mamma: »So kann ich noch nichts finden, vielleicht ist es nur Aufregung, da muß ich erstmal die Psyche Ihrer Tochter gründlich studieren.«

»Das hab ich mir gleich gedacht, Herr Doktor«, sagt Mamma, »ich hab Ihnen gleich ’n klein Flasche voll mitgebracht.«

Pietät und Takt

Klein Erna ihr Opa ischa nu tot geblieben. Und wie Mamma ihn aufbahrt, will sie ihm auch das klein Käppi aufsetzen, damit er auch so aussieht wie in Leben. Und sie fummelt und fummelt, aber das klein Käppi rutscht immer wieder runter von die Glatze.

Da kommt denn endlich der Herr von »Pietät und Takt«! Und da sagt Mamma denn zu ihm: »Ach, Herr Pietät und Takt, ich fummel und fummel, aber das klein Käppi will immer nich sitzen, und Opa soll doch so aussehn wie in Leben!«

Herr Pietät und Takt: »Das wolln wir gleich haben, lassen Sie mir mal 'n Augenblick mit die Leiche allein!«

Und schon nach zwei Minuten holt er Mamma wieder rein und sagt: »Sieh' so, werte Frau!«

Und richtig, Opa hat klein Käppi auf, akkerat wie in Leben! Mamma ischa ganz platt und sagt: »Ach, Herr Pietät und Takt, wie haben Sie das bloß gemacht???«

Herr Pietät und Takt: »Das will ich Sie gern verraten . . .

Klein Tapeziernagel!!!«

Der englische Freund

Klein Erna hatte mal ’n englischen Freund. War ja direkt ’n feinen Verkehr! Und wie sie ne Zeitlang zusammen gegangen sind, bleiben die Folgen ja auch nich aus! – Aber drei Tage hat das Kind man bloß gelebt. –

Mamma versuchte ihr denn ’n büschen zu trösten und sagte: »Ach, Klein Erna, laß man, verstanden hätten wir ihn ja doch nich!«

Intimitäten

Klein Erna is mal ne Zeitlang Kleinmädchen, aber sie muß kündigen, weil sie ja was Kleines erwartet.

»Aber warum fragen Sie den Mann denn nicht, ob er Sie heiraten will?« sagt die Madam.

»Nee«, sagt Klein Erna, »das kann ich ihn doch nicht fragen, so intim sind wir denn doch nich miteinander!«

Feuerwerk

Mamma geht mit Klein Erna nach 'n Fährhaus zu 'n Feuerwerk. Ischa ihr Schönstes! Besonders gern mag sie ja die roten Kugeln. Wie mal 'ne Zeitlang nur grüne kommen, sagt sie zu Mamma: »Och, Mamma, noch mal roote!«

Mamma: »Kann ich doch nix für!«

Klein Erna: »Och, man los, Mamma, noch mal roote!«

Mamma: »Aber Erna, das macht doch der Mann auf Schute!«

Wie Klein Erna aber immer noch mal nach rote quakt, sagt Mamma: »Dummes Göhr, wennu jauls, krist 'n Bax und komms nich wieder mit in Gedränge!«

Die Hose

Wie Onkel Emil schon ne ganze Zeit tot is, da kommt mal bei Tante Frieda so ’n Mann an die Tür, der altes Zeug aufkäuft, und fragt Tante Frieda, ob sie wohl ’n Anzug von Onkel Emil zu verkaufen hätte.

»’n Anzug nich«, sagt Tante Frieda, aber die Jacke wollte sie ihm verkaufen, für fünf Maak!

»Ja, warum in aller Welt wolln Sie mir die *Hose* denn nicht verkaufen?« sagt der Mann.

»Nee, zu die Hose bin ich noch zu traurig zu!«

Pietät

Onkel Emil ischa nu auch tot geblieben, und Tante Frieda, Mamma und Klein Erna bringen nu die Urne vom Krematorium nach Ohlsdorf. Isch 'n ganz fürchterliches

Glatteis! Andauernd rutscht Tante Frieda aus, und wie sie nu zum drittenmal hinfliegt, macht sie die Urne auf und sagt ganz fünsch zu Klein Erna:

»Nu is aber Schluß mit die Pietät, nu wird gestreut!«

Reinemachen

Mamma erzählt Frau Pumeier von ihrn Groß-Reinemachen: »Wie ich neulich grad bein Feulen bis – ich muß immer feulen, sonst liegt mich das immer wie Staub auf die Brust – und ich grad auf die Knie lieg, da klingelt das. – ›Athua‹, sag ich, ›das klingelt!‹ – Meinen Sie, der rührt sich? – Ich sag, ›Athua‹, sag ich, ›das hat *geklingelt*‹,

der kuckt mich bloß an und sagt: – wissen Sie, was der sagt? Gaanix sagt der! – Nee, sowas nagt an Körper!«

Am Baum

Klein Erna spielt mit 'n klein Jung vor Tür auf Straße. Wie der nu mal muß und einfach an Baum geht, kuckt Klein Erna intrissiert zu und sagt: »Oh, wie praktisch!«

Platzmiete

»Ich war gestern wieder in Theater.«

»Zu 'n Vergnügen?«

»Nee – Abonnemang!«

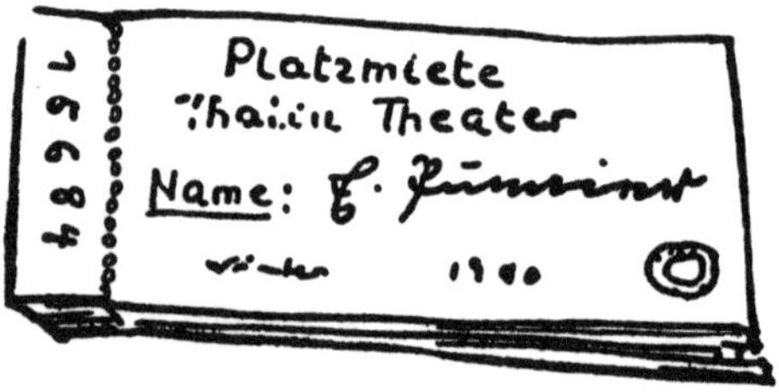

Klein Bubi in Schule

Klein Bubi muscha nu auch in Schule, aber er paßt nicht auf, lernt kaum was und taugt ja überhaupt gaanix. Da sagt Mamma ein Tag zu die Lehrerin: »Ach, Frollein, Sie müssen ja 'n büschen Nachsicht üben, er ischa man so 'n klein Nachkömmling, da waren die Zutaten denn nicht mehr so!«

Die alte Abonnentin

»Sind Sie auch in Thalja-Theater abonniert?«

»Ich seit Jahrenden – kuck schon gaanich mehr hin!«

Blumenstraße

Mamma steigt mal in Linie 28 und sagt zum Schaffner: »Einmal Blumenstraße!«

Schon bei der ersten Haltestelle fragt sie: »Is hier schon Blumenstraße?«

»Nein, noch nicht«, sagt der Schaffner. Nach zwei Haltestellen weiter fragt Mamma wieder: »Is *nu* Blumenstraße?« und fragt denn mindestens noch zehnmal! Schließlich, nach ne halbe Stunde, schreit der Schaffner endlich: »So, *hier* is Blumenstraße!«

Da sagt Mamma: »Nee, nu mag ich nich mehr Blumenstraße!«

Verwandt

Wie Mamma mal 'n ganzen Tag mit Frau Kripgans zu 'n Ausverkauf in Stadt war, da mußten sie ja auch mal nötig wohin. Natürlich alles besetzt!

Wie denn schließlich ein frei wird, kommt erst Mamma rein, weil sie dascha am eiligsten hatte. Und wie die nu fertig is, will gleich Frau Kripgans reinstürzen.

Da fragt die Toiletten-Frau: »Soll ich wohl nochmal überwischen, oder sind die Damen verwandt?«

Zwillinge

Wie Klein Erna schon ein halbes Jahr verheirat is, bekommt sie ja auch ein klein kräftigen Jung. Wie die Hebamme ihr den zeigt, freut sich Klein Erna ganz furchbar. Mit 'n mal sagt der Aazt: »Wart' mal, Klein Erna, da kommt ja noch ein!«

»Nee, sowas«, sagt Klein Erna, »kommt der von unsere Hochzeit denn auch schon?!«

Das Konfirmationsgeschenk

»Wissen Sie, was Frau Kripgans Klein Erna zu die Konfirmati-on geschenkt hat? – 'n Buch! – So 'n Blötsinn! Und dann noch ›Liebesleben in der Natur‹, wo doch Klein Erna auf 'n Steindamm 3. Etaje wohnt!«

In Kirche

Oma geht ja jeden Sonntag in Kirche, bloß mit ihrn Gehör is dascha nich mehr so. Wie sie nu ein Sonntag mit 'n nagelneuen Hörrohr ankommt, sieht das der Kirchendiener und sagt: »Das will ich Ihnen sagen, gute Frau – ein Tut, und Sie sind draußen!«

Der Dackel

Ein Tag sieht Klein Erna auf Straße ne Tante mit 'n klein braunen Dackel auf 'n Arm. – »Oh«, sagt Klein Erna, »wie nüdelich, genau so ein haben wir zu Hause, bloß in schwaaz – und denn is ne Katze!«

Das Fahrrad

Heini kommt mal die Hamburger Straße runtergeradelt. Da trifft er Fietje, und der sagt: »Mensch, Heini, wo hast du denn das nagelneue Damenrad her?«

»Och«, sagt Heini, »ich war eben mit meine Freundin Erna 'n büschen in Grünen, und wie wir so im Gras rumliegen, da sagt sie mit 'n mal: ›Heini, nu kannst du alles von mir haben, was du willst!‹ Na, und da hab ich das Rad genommen!«

Posskaate

Wie Klein Erna auf Hochzeitsreise is, steigen sie in ’n ganz prima Hotel ab. Sie nehm sich orntlich ’n Zimmer mit Bad. Klein Erna is ganz begeistert und schreibt an Mamma ne Posskaate:

Frau Pumeier

Hamburg

Fischmaakt 3

Libe Mamma

Ham hian schikes Zimmer mitt Bad. Freun uns schohn sooo auf Sonnamp.

Deine Erna und Heini

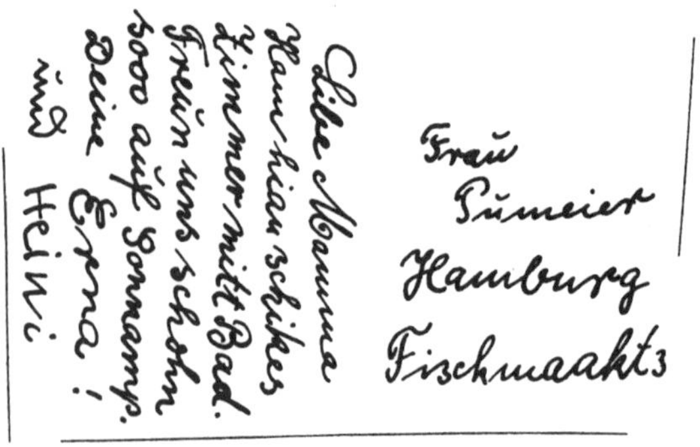

Klein Erna auf ’n Künslerfess

Wie Klein Erna nu in die Jahre gekomm is, wo sie schon mal auf ’n Tanzvergnügen darf, da geht sie denn ein Tag zu Mamma und sagt: »Du, Mamma, ich möchte auch mal auf ’n Künslerfess, is auch dies Jahr nich

so teuer, heißt ›Planten und Plünnen‹, brauch ich mir bloß 'n paa Plünnen umtütern, fertich bin ich!«

»Nee«, sagt Mamma, »das laß man, Klein Erna, die Künsler sind so 'n loses Volk, nachher fins du da ein, der dich einfach mitnimmp und dir seine Wohnung zeigen will – –, und denn fällt er über dir her, und denn has *du* deine Ehre verlorn, und *wir* ha'm unsere Ehre verlorn, und – – nee, mein Dean, das laß man!«

»Och«, sagt Klein Erna, »auf mir kanns dich verlassen, ich lass' mir nich verfürn! Da kanns auf ap!«

Na, Klein Erna tütelt sich denn 'n paa Plünnen um und geht also doch hin und amisiert sich ganz prima. Am nächsten Morgen fragt Mamma: »Na, Klein Erna, wie waa 's denn?«

»Oh, schääk«, sagt Klein Erna, »ganz genau, wie du gesagt hast, bloß 'n büschen anders. Also, ers, komm ich hin, find ich auch gleich ein, der fix mit mir tanzt!«

»Und denn?« fragt Mamma.

»Dann hat er mir fix ein zu trinken gegeben!«

»Und denn?« fragt Mamma.

»Denn hat er mir seine Wohnung gezeicht, ers die Küche und denn die Wohnstube, und denn – die Schlafstube!«

»Und denn?« fragt Mamma ganz aufgeregt.

»Ja, und denn«, sagt Klein Erna, »denn bin *ich* über ihn hergefallen, und nu hat *er* seine Ehre verlorn!«

Mottenkugeln

Klein Erna kommt inne Drogerie und sagt: »Möcht gern ein Pfund Mottenkugeln.«

Nach ne Stunde kommt sie wieder und sagt: »Bitte noch 'n Pfund Mottenkugeln.« –

Wie sie nach ne Zeit noch mal Mottenkugeln haben will, fragt der Verkäufer: »Was in aller Welt machs du mit sonne Masse Mottenkugeln?«

Sagt Klein Erna: »Mein Sie denn, daß ich mit jede Kugel so 'n Biest treff?«

Theater

Wie Klein Erna ma mit ihre Freundin in Theater will, gehn sie denn auch zusammen an die Kasse und fragen das Frollein: »Was gibtas denn heute?«

»Was ihr wollt.«

»Och«, sagt Klein Erna, »denn spieln Sie man Lohengrien!«

Is aus

Einmal trifft Klein Erna ihre Freundin Frieda. Die fragt denn auch gleich: »Na, was macht denn dein neuer Freund?«

»Welchen?«

»Ach, den von neulich, der mit ’n Daffelkoot!«

»Och, der! Mit den is aus!«

»Warum?«

»Der wußte so viele unanständige Lieder!«

»Wieso? Hat der die dir denn immer vorgesungen?«

»Nee«, sagt Klein Erna, *»gefiffen!«*

Fremdwörter

Einmal, wie Mamma auf 'n Maakt is, bein Einholen, trifft sie Frau Kippnase, und die fragt: »Na, wie geht's denn Klein Erna?«

»Och, gut, die is jetz verloobt!«

»Ach nee, mit wen denn?«

»Mit 'n Veterinär!«

»Was? Mit son 'n Ollen von Anno 70/71?«

»Nee –, der ißt kein Fleisch!«

Lutschen

Klein Erna hat ja 'ne gräßliche Angewohnheit. Bei jedwede Gelegenheit lutscht sie!

Mamma sagt: »Klein Erna, wenn du nich aufhörst mit das ewige Gelutsche, wirst du so dick wie Tante Frieda!«

Ein Tag sitzt ihr in Straßenbahn 'ne Frau gegenüber, die was Kleines erwartet, und Klein Erna grinst ihr immer so unverschämt an.

Da sagt denn die Tante: »Na, mein Kind, was lachst du mich denn immer so an?«

»Ätsch«, sagt Klein Erna, »ich weiß man, was du gemacht hast!«

Das daaf das

Wie Klein Erna mal mit Mamma in ’n Park is, is da ’n klein Kind, das spielt immer mit Matsch.

Da sagt Klein Erna zu Mamma: »Daaf das das?«

Da sagt Mamma: »Das daaf das!«

Nach ne Zeit sagt Klein Erna: »Daß das das daaf!«

Der Sadist

Wie Mamma mal wieder ’n büschen in die Anlagen anne Alster spazieren geht, trifft sie Frau Kripgans.

»Na, wie geht’s denn, Frau Pumeier?« fragt die.

»Och, geht so!«

»Was macht denn die Verlobung von Klein Erna?«

»Is aus!«

»Wieso aus? Wa doch so ’n netten jungen Mann!«

»Nee, wir haben was rausgekricht!«

»Nich wah! Was denn?«

»Jä«, sagt Mamma, »der is ’n Sadist!«

»Och nee«, sagt Frau Kripgans, »und ich denk, der is bei die Post!«

Reinigung

Klein Bubi kommt mit ganz schwaaze Hände von Spielen und soll sich vorn Essen ersma tüchtig die Hände waschen. Wie er sich gerade mit grau-matschigen Seifenhänden über das Handtuch hermachen will, fragt Mamma ganz böse: »Das sollen gewaschene Hände sein?«

Da sagt Klein Bubi ganz empört: »Waate doch, bis ich sie abgetrocknet hab!«

Die Bretzel

Klein Erna kommt in Bäckerladen und sagt: »Ham Sie wohl 'n gebackenes B?«

»Nee, mein Dean«, sagt der Bäcker, »sowas ham wir nich vorrätich, das kann ich höchstens anfertigen.«

»Wie lange dauert das?«

»Na, ne gute Stunde wird das wohl brauchen.«

»Is gut«, sagt Klein Erna, »denn backen Sie mir man eins, ich komme inne Stunde wieder.«

Nach genau eine Stunde steht Klein Erna wieder in Laden, und der Bäcker hält ihr das b vor die Nase.

»Gott«, sagt Klein Erna entsetzt, »ischa 'n kleines b, ich wollt doch 'n großes ham!«

»Das hätts man gleich sag'n solln«, sagt der Bäcker ganz böse, »was nu?«

»Ja, das kann ich nich gebrauchen«, sagt Klein Erna, »können Sie mir nich noch 'n großes backen?«

Der Bäcker kuckt auf die Uhr und sagt: »Dauert wieder ne Stunde, jetzt issas 5, ma sehn, oppich das bis 6 schaff; komm aber pünktlich, um 6 is Ladenschluß, denn wird hier dicht gemacht.«

Punkt 6 steht Klein Erna wieder in Laden und der Bäcker holt ihr das noch waame große B ausse Backstube. »Siehso, Frollein«, sagt er, »isso recht?«

»Mensch«, sagt Klein Erna entsetzt, »ischa 'n gedrucktes B, kann ich überhaup nich brauchen, ich muß doch 'n geschriemnes ham! Was nu?«

Der Bäcker schnappt 'n paamal nach Luff und sagt denn ganz fünsch: »Na, sowas is mir ja in mein Lehm noch nich passiert, back ich so 'n schönes B, und du kannssas nich brauchen?«

»Nee, muß geschriem sein! Gehtas nich noch?«

»Na, ausnamsweise, weil der Ofen noch waam is, will ich mal so nett sein«, sagt der Bäcker, »komm um 7 wieder und klingel an die Hintertür!«

»Oh, viel'n Dank«, sagt Klein Erna, »das is aber nett von Ihn, ich komm denn um siehm wieder.«

Als das denn soweit is, klingelt Klein Erna anne Hintertür. Der Bäcker bringt das wunderschön geschriemne B und fragt: »Na Frollein, is nu endlich richtich?«

»Oh, wie schön«, sagt Klein Erna, »genau richtich, prima, genau so happich mir das gedacht!«

»Sollich wohl noch 'n büschen einschlagen?« fragt der Bäcker, als Klein Erna bezahlt hat.

»Nee«, sagt Klein Erna, »lassen Sie man, ich essas gleich auf!«

Logik

Klein Erna ischa probeweise auf Oberschule, und da fragt der Lehrer inne Lateinstunde nach den verschiedenen Fällen, wie die auf Deutsch heißen. »Und nu, Kinder, wie heiß denn der Nominativ auf Deutsch, na – Frieda?«

»Der Wer-Fall!«

»Richtig«, sagt der Lehrer, »und der Dativ?«

»Der Wem-Fall!«

»Gut, und der Ablativ? Wer weiß das? Na, Klein Erna?«

»Der Durchfall!«

Praktiker

Frau Pumeier kommt scha auch in die Schahre, wo der Zahn der Zeit überall an nagt. Auf Anraten ihrer Freundin geht sie denn auch zum Aazt. Der fragt: »Nun, Frau Pumeier, wann waren Sie denn zuletzt mal bei einem Arzt?«

Mamma denkt scharf nach: »Ooch, so genau weiß ich das nich mehr, vor Schahrenden.«

Arzt: »Sind Sie da von einem Internisten oder von einem Praktiker untersucht worden?«

Mamma: »Das muß wohl 'n Praktiker gewesen sein, der hat überall hingefaßt!«

Das Gelöbnis

Auf 'n Hochzeitsfess, wie Klein Erna ihrn Heini geheiratet hat, und wie nu alles vorbei is und alle Gäste weg sind, da nimmp Heini Klein Erna auf 'n Schoß und sagt: »Nu bin ich aber froh, daß wir geheiratet ham, nu wolln wir uns aber auch immer schön treu sein, nich? Ich wünsch mir nur eins, daß wenn wir dermaleins Silberne Hochzeit ham, daß wir uns noch genauso gern leiden mögen wie jetzt!«

»Ja, Heini«, sagt Klein Erna, »da bin ich auch für!«

»Nu woll'n wir aber noch eins verabreden, Klein Erna, wenn wir doch mal'n klein Seitensprung machen sollten, denn woll'n wir jedesma ne Erbse inne Sammeldose tun, nich? Denn woll'n ma sehn, wieviel da in is bei unsere Silberhochzeit!«

Na, was soll ich sagen, auch fünfundzwanzig Jahre geh'n vorbei – und wie nu wieder alle Gäste von ihre Silberne Hochzeit weg sind, nimmp Heini seine Erna wieder auf 'n Schoß und sagt: »Wie schön, mein

Erna, daß wir uns nach so lange Zeit immer noch mögen, aber wie wa das denn nu mit die Treue? Wolln doch ma sehn, was wir inne Dosen ham?«

Also ers schüttet Heini aus! Vier Erbsen kullern raus!

»Na«, sagt Klein Erna, »fünfundzwanzig Jahre sind ne lange Zeit, und denn nur viermal, ich will dir man verzeihn!«

Und denn schüttet Klein Erna ihre Dose aus, da sind da bloß zwei in!

»Nee«, sagt Heini, »das hätt ich ja nich von dir gedacht, Klein Erna, aber weil du mir verziehn haß, will ich das man auch tun!«

Und wie sie sich nu grad so schön über ihre Treue freu'n, da sagt Heini:« »So, Klein

Erna, weil ich nu gooohn hab, wie großmütich du mir verziehn haß, will ich dir man beichten: Ich hab man vorher schon 'n paa beiseite geschafft!«

»Und ich«, sagt Klein Erna, »ich hab da in 'n letzten vierzehn Tagen schon zweima Erbsensuppe von gekocht!«

Klogroschen

Auf 'n Bahnsteig in Altona steht Mamma mit Klein Erna. – Zug is noch gaanich da. – Klein Erna wird langsam zappelich und sagt: »Mamma, muß ma!«

Sie gehen den ganzen Bahnsteig zurück Richtung ›Frauen‹. Klein Erna steckt 'n Groschen in den Türschlitz und sagt: »Macht Spaß!«, wie die Tür aufklickt.

Mamma: »Mach zu, Klein Erna, ham nur noch zehn Minuten!« Mamma steht und waatet.

Nach ne Zeit will sie nachsehen und die Tür öffnen, kommt die Klofrau und sagt: »Kostet schedes ma 'n Groschen!«

Darauf ruft Mamma: »Klein Erna, färtich?«

Klein Erna kommt aus der Tür und sagt: »Kommt nix!«

Sie gehen wieder auf den Bahnsteig. Auf halbem Wege sagt Klein Erna mit verklemmten Beinen stehenbleibend: »Nun aber, Mamma!«

Sie gehen wieder zurück in Richtung ›Frauen‹ – Groschensuche – Klick – Mamma steckt 'n Fuß zwischen die Tür, waatet,

dann: »Klein Erna, färtich?«, sie kuckt rein: »Spiel nich immer mit Pepia, mach zu!«

»Kommt nix!«

»Runter da, Zuch fährt gleich!«

Sie gehen wieder auf 'n Bahnsteig, kaum stehen sie, sagt Klein Erna mit weinerlicher Stimme: »Nu aber ganz bestimmt, Mamma, sons gehtas inni Hose!« – Beide raffen die Gepäckstücke an sich und nu geht's im Trapp an denselben Ort: Geldwechsel – Klick – Tür auf – Klein Erna rein – Fuß zwischen Tür – waaten! Nach 'n Augenblick kuckt Mamma rein, Klein Erna sitzt und spielt mit Pepia!

»Na, – was ist?«

»Nix!«

»Nu aber fix runter da, dummes Gör!«

Die Klofrau, die sich das ganze Theater mit angesehen hatte, kommt an und fragt Mamma mit mitleidiger Stimme: »Können *Sie* denn nich wenistens?«

Hochzeitswunsch

»Sag 'n Sie ma – Frau Pumeier – Ihre Klein Erna – wissen Sie – die heiratet doch! Nu wolln wir ihr gärn 'n büschen was Besonderes schenken! Wissen Sie nich 'n Hochzeitswunsch?«

Mama: »Oh, doch – – die wünschen sich 'n Ausziehtisch!«

»Ach was – gediegen! *Wia* ham das imma aufer Bettkante gemacht!«

Drillinge

Die annere Freundin von Klein Erna, die Frieda, mit der sie schon in Schule gegangen is, die wo so belesen is – scheden Tag

liest sie die Bildzeitung, die hat scha gleich in ersten Jahr in ihre Ehe Drillinge gekriegt!

Klein Erna geht mit ’n schön Blumenstrauß zu Frieda inne Klinik!

»Na, Frieda«, sagt sie, »das ischa vielleich ’n Ding, gleich mit Drillinge anzufang!«

»Scha, ulkich nich?« sagt Frieda, »wo ich doch neulich inne Zeitung gelesen hab, daß Drillinge nur das dreitausendsiebenhundertste Mal vorkommen!«

Klein Erna: »Da versteh ich wirklich nich, Frieda, wie du denn noch zu deine Hausarbeit gekommen bist!«

Hoffnungsloser Fall

Zu Klein Erna ihre Hochzeit, 'ne Kaffeehochzeit, wird der Pastor auch mit eingeladen. Und wie sie bei die festlich gedeckte Kaffeetafel sitzen, sagt Mamma: »Langen Sie man tüchtig zu, Herr Paster, Sie könn' das gebrauchen – sehn scha man 'n büschen spittelich aus!«

Nach 'ne Zeit macht Mamma wieder in Unterhaltung und sagt: »Na, Herr Paster, auch schon verheiratet?«

Pastor: »Nein, Frau Pumeier, erst verlobt.«

Mamma: »Schon lange verlobt?«

Pastor: »Jawohl, vier Jahre.«

Mamma: »Schon Kinder?«

Dem Pastor bleibt der Bissen im Halse stecken, wobei er den Kopf schüttelt!

Mamma: »Dann kömmt auch keins mehr!«

Natua

Bei Frau Pumeier is Kaffeeklatsch – orntlich mit selbsgemachte Torte und Puffer und ’n Strauß Nelken inne Vase auf ’n Tisch.

Kommt Frau Pingel und sagt: »Nee, was feine Blumen auch, sehn aus wie echte!«

Frau Pumeier: »Sind auch echte!«

Frau Pingel: »Ach was – sehn aus wie gemacht!«

Die Witwe

Ein Tach geht Frau Pumeier mit Klein Erna auf 'n Großen Burstah, und da, mittenma steht da ihre Nachbarin Frau Pingel ganz aufgeregt vor ihnen! »Was is denn los, Frau Pingel«, fragt Mamma, »Ärger gehabt?«

»Ärger?« fragt die, »Ärger is gaakein Ausdruck, fixen Ärger hab ich ehm gehabt! War ich in Rathaus, weil ich um ersuchen will, daß ich mehr Unterstützung haben will – Zimmer 127 – nee, wassas für Beamte gibt – mach ich ihn klar, daß ich seit acht Jahre ne aame Witwe bin und meine klein Kinner von sechs und fünf und drei Schahre ernährn muß, was mein' Sie, was der Kerdel sacht? Der sagt: ›Ich denke, Sie sind Wittwe, Frau Pingel! Ihr Mann is doch schon seit acht Jahre tot!‹ ›Pah‹, sach ich, ›*der* is tot, schawohl, aber *ich* lebe doch noch!‹«

Nachzügler-Tante

Klein Erna ischa nu schon Schaarende verheiratet und hat schon viele kleine Kinners – aber man immer bloß Mädchen! – Nu is endlich 'n Schunge gekommen! Alle sind begeistert, die ganze Familie kommt zum Gratulieren!

Nach drei Wochen kommt noch sonne Nachzügler-Tante mit 'n großen Blumenstrauß und gratuliert allen der Reihe nach. Zuletzt sagt sie: »Nu wolln wir uns den kleinen Schung aber auch ma ansehn! Wem sieht er denn ähnlich?«

Klein Erna: »Ach – weiß nich, in *Gesicht* ham wir noch gaanich gekuckt!«

Essich holen

»Klein Er-na – – – wo willst du hin?«
»Zum Krää-mer – Essich holn!«
»Was? In die dreckige Schöaze?«
»Nee – inne Flasche!«

Scheidungsgrund

Klein Erna issas Lebm aufi Dauer mit Heini zu langweilich. Sie geht nach ’n Anwalt und sacht: »Hä Anwalt, will mich scheiden lassen!«

»So, und was wollen Sie für einen Grund angeben?«

»Grund? Wieso?«

»Na, ich meine, was haben Sie auszusetzen?«

»Ach, wennich so über nachdenk – – – isser einfach zu doof!«

»Das ist aber nun wirklich kein Scheidungsgrund. Fällt Ihnen nicht noch etwas anderes ein ... z. B. trinkt er?«

»*Der?* Nee, isser auch zu doof zu, eher kipp ich ma einen!«

»So ... oder schlägt er Sie?«

»*Der?* Mich schlagen? Nee, isser viel zu feige zu, eher kleb ich ihm ma eine!«

»Hm, was machen wir denn da, wie ist es denn ... ist er Ihnen treu? – Hm, ich meine – es soll ja vorkommen, daß ein Mann Seitensprünge macht!«

»Ha! Hä Anwalt, *da* ham wir ihn bei di Büx! Das letzte Kind is nich von ihm!«

Dumme Frage

Wie Klein Erna so fünf Schahre alt is, da fraacht sie ihre Mamma ’n ganzen Tag ’n Loch in ’n Bauch! Mamma is schon ganz nevös davon, besonders, wenn andere Leute dabei sind. Wie sie nu neulich mit Klein Erna unterwegs is und Klein Erna immer wieder dummes Zeug fragt, sacht Mamma: »Hier Klein Erna, hast ne Maak, wenn du die nächste Stunde den Mund hälts!«

Geht scha ne Zeitlang ganz gut! Wie sie aber inne Straßenbahn sind, sitzt ihnen gegenüber sonne Tante mit ’n orntlich tiefen Dekoltee! Da hält Klein Erna das nich länger aus und sagt: »Hier Mamma, hast deine Maak zurück, aber nu saach bloß – wie kommt der Popo in die Bluse?«

Gestrichen

Mit Oma ihre Sehschärfe und Schwerhörigkeit wird das immer schlimmer. Sitzt sie doch neulich inne Anlagn auf ne Bank mit 'n Schild »Vorsicht Farbe«!

Da kommt der Wärter und sagt: »Die Bank is *gestrichen*!«

Oma: »Was?«

Der Wärter schreit laut: »*Gestrichen!*«

Oma: »Wie?«

Wärter: »*Grüün!*«

Ka–vi–a!

Klein Ernas Mamma – Frau Pumeier – is ma in 'n ganz feinen Lokal und kuckt sich die Speisekaate an. Dann ruft sie den Ober und sagt: »Härr Ober – sagn Sie ma, was is das denn – Ka–vi–a?«

»Oh, gnädige Frau, das ist etwas sehr Köstliches!«

»Nee, ich mein', was das is?!«

»Ah – so! Das sind die Eier vom Stör!«

»Ach was, und das soll gut sein?«

»Oh ja, gnädige Frau – eine Delikatesse!«

»Na, wenn Sie meinen, dann bring'n Sie mir man zwei –
aber bitte haart gekocht!«

Sonnamp

Bei Pumeiers is Trauerfall.

Der Herr von Pietät und Takt kommt, man berät, wann die Einäscherung stattfinden kann. Es wird Sonnabend vorgeschlagen. Herr Pietät: »Sonnamp? Wo denken Sie hin? Sonnamp ischa sowieso bloß 'n halm Tach!« Er blättert in seinem Buch und sagt schließlich: »Nee, Sonnamp is schon alles besetz – na, ich kann scha ma sehn, ob wir die Leiche noch irgendwo zwischen schieben können!«

Zwillinge

Die Freundin von Klein Erna, die Maatha, die is scha nu auch schon vier Jahre verheiratet und hat schon sechs Kinder, immer Zwillinge.

Wie Klein Erna im Krankenhaus zu Besuch kommt und gratuliert, fragt sie: »Sachma Maatha, kriegst du immer Zwillinge?«

»Nee, Klein Erna, nich immer – manchma krieg ich auch gaakeine!«

Pferdemist

Ein Tag is Klein Erna in Schrebergaaten, steht an ’n Zaun und kuckt nach ’n Nachbaan rüber, der immerzu mit ne Karre voll Pferdemist vorbeikommt. Da fraacht sie: »Was machst du damit, Onkel Kripgans?«

»Das kommt auf die Erdbeern!«

»Ach was«, sagt Klein Erna, »wir tun da Schlachsahne auf!«

Gut gemacht

Klein Bubi ischa ’n fürchterlichen Bettnässer! Scheden und scheden Morgen liegt er in Nassen! Mamma weiß gaanich mehr, was sie tun soll! Hauen hilft auch nix. Da denkt sie: mußt ihn ma orntlich Angs einschagen und sagt: »Nu hör ma zu Klein Bubi, wenn du dich nochma naß machs, gehn wir zum Aazt und laßn dir das abschneiden!«

Klein Bubi kriegt ’n furchtban Schreck un läßt das auch wirklich ’n paar Tage nach! Wie nu an ein Morgen wieder alles naß is, sagt Mamma ganz böse: »So, Klein Bubi, schetz is Schluß, schetz gehen wir zun Aazt!« – – Als sie unterwegs sind, is Bubi ganz vergnücht – gaanich ’n büschen ängstlich!

Da fragt Mamma: »Na Klein Bubi, has gaakeine Angs?«

»Nee«, sagt er, »ich hab das neulich bei Klein Erna geseh’n – wenn das gut gemacht wird – sieht das gaanich so schlecht aus!«

Koloratua

Mamma is mit Papa in Konzert. Beliebte Opern-Arien!!! Papa is ganz hingerissen und flüstert Mamma zu: »Was hat die bloß für ne härliche Koloratua!«

Antwort: »Achte lieber auf den Gesang!«

Das neue Theaterstück

Im Thalia-Theater is Abonnemang-Abend. Ganz neues Stück – modern – kommt nich an! Müder Applaus! Beim Rausgehen unterhalten sich zwei Damen: »Na? Was sagst du? Furchbares Stück, nich?«

»Och, laß man! Ham schon häßlichere Abende gehabt!«

Der Ortopede

»Hab schetz 'n neuen Untermieter!«

»Ach was – wa das die Männerstimme, die sich neulich an Telefon meldete?«

»Scha, der geht immer ran, wennich wech bin!«

»Ach was – und was is das sons für ein?«

»Ein Ortopede!«

»Sieh an! Und ich hätt schwöan könn, dassas 'n waschechten Hamburger is!«

Akustik

»Hier ischa ne ganz schlechte Akustik!«

»Oh – scha, wo du das saachst, riech ich das auch!«

Was Besseres

Bei den Herrschaften, wo Klein Erna Hausmädchen ist, klingelt's. Klein Erna öffnet die Haustür. Steht da 'n Mann und sagt: »Kann ich wohl Herrn Vogel sprechen?«

Klein Erna: »Momang mal!«

Sie meldet dem Hausherrn: »Da is schemand – der will Sie sprechen!«

»Wie heißt er denn?«

»Weiß nich!«

»Und in welcher Angelegenheit?«

»Weiß nich!«

»Wie sieht er denn aus – – was Besseres?«

»Nee, sowas wie Sie!«

Schnarchen

Klein Erna war mal wieder bei Tante Frieda und Onkel Emil in Schwaazenbek zu Besuch, und nachts muß sie denn mit zu Onkel Emil in Schlafstube.

Aber sie kricht ja kein Auge zu, weil Onkel Emil so fürchterlich schnarcht. Mit 'n mal fällt ihr ein, daß sie mal gehört hat, daß man flöten muß, wenn einer schnarcht, denn hört er sofort auf. Klein Erna flötet also: »Huit, huit!« Onkel Emil is auch gleich still, aber nach ne Zeit fängt er wieder ganz schrecklich an zu sägen. Da flötet Klein Erna wieder: »Huit, huit!« Onkel Emil hört wieder auf. – So machen sie das denn stundenlang, und wie Onkel Emil morgens schließlich aufwacht, sagt Klein Erna: »Onkel Emil, du schnarchst ja ganz furchbar in Schlaf!«

Da sagt Onkel Emil: »Das' noch gaanix, Klein Erna, du flötest immer in Schlaf!«

Ehe

Wie Klein Erna ganz groß und schon ’n halbes Jahr verheirat is, da soll sie ja denn auch niederkommen. Und ihr Heini sitzt immer

mit bei ihr bei und hält ihre Hand ganz fest. Na, und wie das nun schon stundenlang dauert und immer noch kein Kind da is, da wird Heini das denn doch zu dumm und sagt: »Na, Klein Erna, wenn das denn gaanich will, denn laß man!«

Oma und ihr Hund

Frau Rathjen fragt neulich Oma: »Wie heißt Ihr kleiner Hund eigentlich?«

»Ja, ischa ’n büschen heiß heute.«

»Nee, wie Ihr Hund heißen tut?!«

»Ach so. Ja, das’ mein Hund.«

»Mein Gott, wie der Hund heißt?«

»Ach soo, wie der heißt? Eigentlich heißt er ja Hannibal, ich sag aber man immer bloß: Kömm, kömm, und dann kömmt er!«

Auf Elbe

Wie Klein Erna mal mit ihrn Heini an ein heißen Sonntagnachmittag an Elbe is, da kriegt Klein Erna so ’n Lust auf Rudern. Klein Erna sitzt an Steuer und Heini rudert denn los, daß ihn das nur so von sein Gesicht runterläuft. – So nach einer Stunde fragt er denn Klein Erna: »Sind wir denn noch immer nich in Blankenese?«

»Nee«, sagt Klein Erna, »muscha ers mal losbinden!«

Geschichtsunterricht

Die Lehrerin fragt: »Wer weiß, wann Karl der Große geboren ist?«

Da meldet sich Klein Erna und sagt: »Darf ich mal hinaus?«

»Nein«, sagt die Lehrerin, »nimm dich mal 'n bißchen zusammen!«

Keiner weiß, wann Karl der Große geboren ist. Nach 'ne Zeit meldet sich wieder bloß Klein Erna.

»Na, Klein Erna«, sagt die Lehrerin, »weißt du es nun?«

»Nee«, sagt Klein Erna, »aber darf ich jetzt mal raus?«

»Nee«, sagt die Lehrerin, »warte man bis zur Pause – Na, weiß denn eine, wann Karl der Große gestorben ist?«

Da meldet sich Klein Ernas Nachbarin Meta und sagt: »Frollein, nu is Klein Erna hier drinnen schon draußen gewesen!«

Lohengrin

Neulich war Mamma mit Frau Kripgans mal wieder in Oper, ganz vorne in die dritte Reihe.

Mitten in Lohengrin-Vorspiel kriegt Frau Kripgans mit ’n mal ihr’n Strickstrumpf raus und fängt an zu stricken.

»Gott, Frau Kripgans«, sagt Mamma, »dabei könn ’n Sie stricken?«

»Och«, sagt Frau Kripgans, »das büschen Musik da vorne stört mich gaanich!«

Pietät

Is Winter! Bitter kalt und windig dazu. In Blankenese auf ’n offenen zugigen Bahnsteig stehen zwei Männer mit hochgeklappten Kragen, Hände in Taschen und frieren. – Zuch kommt und kommt nich. Sie kommen ins Gespräch!

Der eine, ganz in schwaaz, is von »Pietät und Takt«, der andere fragt teilnahmsvoll: »Na, und wie geht’s Geschäft?« »Och, man so-la-la, hat scha bislang noch nicht viel gebracht, ham wir uns mehr von versprochen – die kalten Wochen mit den schaafen Ostwind!«

Knoten

Einmal spielt Klein Bubi mit sein Freund Heini auf Straße. Wie da mit 'n mal zwei Hunde mit 'n langen Schwanz angelaufen komm, machen sie sich 'n Jux und knoten sie mit den Schwänzen zusamm. Wie sie sich gerade darüber fix amüsiern, kommt da 'ne Tante und sagt empört: »Aber Kinder, was ist das für eine Tierquälerei, was meint ihr wohl, wenn ich so was mit euch tun würde?« Da sagt Klein Bubi: »Och, Tante, so 'n klein Knoten kannst du ja gaanich machen!«

Am Bierwagen

Neulich in Blankenese, da steht da so 'n Bierwagen an Kantstein bei 'ne Kneipe vor Tür.

Da kommt ne Tante mit 'n klein süßen Hund an der Leine, der sich ans Rad stellt und sein Bein hochhebt.

In den Momang kommt der Mann mit 'n Bierkasten auf der Schulter und will da an vorbei, da ruft die Tante:

»Komm, Pussi, geh da weg, der Onkel will nach sein Bier!«

Der Biermann: »Ach, lassen Sie Ihren Pussi man fertigmachen, ich hab scha was über für Hunde!«

Tante: »Ach, wie schön, sind Sie auch so tierlieb?«

»Scha«, sagt der Mann, »hab scha auch 'n Hund!«

Tante: »Ach, finden Sie nich auch, Hunde sind scha meist viel netter als Menschen! – Was mein' Sie, wie mein Pussi sich freut, wenn ich nach Hause komm und ihm ma allein inne Wohnung gelassen hab! Nee, so-

was, wie der sich freut, der zittert und zappelt vor Begeisterung, und dabei püschert er immer vor lauter Freude so vor sich hin, – ham Sie das vielleicht schon ma bei ein Menschen gesehn?«

Inhalt